KB046187

상여소리

이승과 저승을 잇는 마지막 의식의 노래

상여소리

이오장 시집

스타북스

　사람은 나고 또 죽는다. 태어나서 다시 환생하는 것이 아니라
한 번의 생을 마치고 반드시 죽는다. 누구도 피하지 못하는 죽
음, 그 앞에서 두려움을 느끼고 죽음 뒤에 오는 저승을 그리며
이를 미화 시키고 허구의 상상을 만들어 죽음에 대한 두려움을
잊고자 했다. 이것은 문명이 아직 발달하지 못한 기원전에도 같
았다. 특히 문명의 발상지인 이집트와 중국의 문화에서 더욱 절
실하게 나타나 죽은 뒤에도 다시 환생한다는 믿음으로 시신을
방부제로 감싸 땅이나 석실에 밀폐하였다. 지금까지 미라로 발
굴되는 시신을 보면 얼마나 철저하게 환생을 믿었는지 짐작하게
한다. 그만큼 인간에게 죽음은 두려움이었고 두려움만큼의 상상
을 그려내어 문명의 발달과 더불어 장례문화는 발전해 왔다. 이
것은 우리 땅에서도 마찬가지로 삼국시대 이전부터의 유적발굴
에서 증명되고 있다. 살았을 때의 지위에 맞게 금장으로 치장한

옷을 입히고 생필품 전체를 부장품으로 넣어 장례를 치렀고 심지어는 살았을 때 부리던 종이나 처첩을 함께 순장시키기도 하였다.

이처럼 장례는 인간사회에서 빼놓을 수 없는 중요 행사였고 최고의 문화였다. 여기에서 토속적인 종교가 발생하고 불교와 기독교의 전파로 이어진 종교행사에서도 가장 중요시되는 의식으로 자리 잡은 것이다. 예나 지금이나 장례의식은 존엄성을 갖춘 최고의 문화다. 현재를 보아도 지극히 예를 갖춰 장례를 치르고 있고 이것은 문명이 아무리 발달한다 해도 크게 변하지 않을 것이다. 다만 그 시대의 상황에 따라서 약간의 변화는 있겠지만 인간이 죽음을 두려워하고 영생을 꿈꾸지 않을 때까지 이어지리라 본다.

이러한 장례문화에서 상여는 가장 중요한 장례기구로 발전하여 최근까지 이어지고 있었으나 언제부턴가 갑자기 상여가 보이지 않게 되더니 이제는 거의 볼 수가 없다. 이것은 사회발전의 여파이겠지만 이를 승계하지 못하고 소멸시킨다는 것은 참으로 안타깝기 그지없다. 우리의 장례문화에 있어 상여는 축제의 도구라고 할 수 있다. 대부분의 장례는 상주가 형편이 어려워도 동네의 합심으로 치러졌다. 이런 과정에서 상주를 위로하고 협동정신을 일깨우기 위하여 노래와 춤을 곁들이는 축제의 장이 펼쳐진 것이다. 지금도 진도의 '다시래기'는 지극히 장례문화의 전통을 보여준다.

장례 때 쓰이는 운반 기구는 시신을 운반하는 상여와 혼백을 운반하는 영여靈輿로 나누어진다. 이 둘을 통칭하여 상여라고 한다. 상여라는 말은 우리의 문헌에서 최초로 나타나며, 중국의 문헌에서는 대여大輿라고 불리고 있다. 중국에서는 온량輼輬, 온량거輼輬車, 영거靈車라고도 하였다. 온량이라는 말은 원래 평안하게 누어 쉬는 수레를 뜻하였으나, 나중에 관棺을 싣는 것으로 바뀌었다. 이런 상여가 언제부터 우리가 쓰게 되었는지는 확실한 문헌이 없어 알 수 없지만 아마도 조선전기부터 사용하지 않았을까 한다. 그것은 상여를 만드는 데 드는 비용이 일개 집안에서 감당할 수준이 아니었고 점점 화려해진 뒤부터는 아무나 제조하지 못하여 관의 지원을 받거나 부호의 개입으로 만들어졌기 때문이다. 이는 인구가 어느 정도에 오른 조선시대에 와서야 가능하지 않았을까 하는 추론이다.

아무튼 오래전 농촌에는 상엿집이 있었고, 초상이 나면 마을 단위로 사람들이 협동해서 장례를 치르곤 했다. 상여는 마을의 공동재산으로 만들어져 마을 뒷산이나 잘 보이지 않는 장소에 상엿집을 지어 보관하다가 장례를 치르게 되면 사용하였다. 죽음을 두려워한 만큼 상여는 무서움의 대상으로 함부로 상엿집을 건드리거나 그 앞을 지날 때는 조심조심하였다.

동네에 초상이 나면 주민들은 합심하여 장례를 치르는데 초혼이 끝나고 수의가 입혀진 뒤 입관절차가 끝나고 문상을 받는 3일이나 혹은 7일까지의 일정에 모든 비용과 의식절차는 협동으로 이뤄졌다. 마지막 장례절차에 따라 상여가 조립된 후 장지로 나가게 된다.

산청 전주 최씨 고령댁 상여 (국립민속박물관)

이때 요령잡이가 요령을 들고 상두꾼을 지휘하는데 요령잡이
는 소리를 잘하며 망자 집안의 희로애락을 잘 알고 마을의 유래
를 정확하게 파악하고 있는 사람이 나서게 된다. 상두꾼은 좌우
에 각각 여섯 명씩 총 열두 명이 동원되며 요령잡이의 선소리에
맞춰 후렴으로 "어-노 어-노 어나리 넘자 어-노"를 연속적으
로 읊으며 맞춰간다. 이것은 지방마다 약간씩 달라 경상도지방
에서는 "어-헤 어-헤 어어야야" 한다든가 충청도지방의 "어-
이 어-이 어어야 어-이" 등 후렴 소리는 각기 다르나 그 곡조는
4분의 4박자의 느린 곡으로 우리의 한과 얼이 섞인 박자로 상여
가 장지까지 나가게 된다.

상여의 부분 명칭을 살펴보면 대략 다음과 같이 나뉜다.

장강 상여의 받침대 관을 올려 묶고 그 위에 상여장식을 덮는다

명정 고인의 이름과 관직이나 지위를 표시

공포 아주 깨끗한 삼베자락, 시신이나 관 위를 닦는 천

불삽·운삽 부처님불자와 구름운자가 새겨진 4각 종이

뒷단강 상여의 뒤편

앙장 햇빛을 가리는 상여의 천지붕

보장 상여의 네 기둥

대봉유소 상여의 네 귀퉁이에 늘어트린 장식

별갑 상여의 맨 뒤에 세운 둥근 장식

봉두 봉황머리의 장식

연초대 상여의 난간장식

정자용 상여의 앞뒤에 장식된 용 모양 조각

풍판 상여의 옆을 가린 판자

앙장대 앙장을 세우는 네 기둥

만장 고인의 지인이나 친지 등이 고인을 기리는 문장을 쓴 깃발

여기에서 만장의 수효가 그 집안의 위세를 말해주며 고인의 평생 업적이 나타나는데 현대의 초기에도 글을 잘 쓰는 문장가를 돈을 주고 초빙하여 만장을 많이 휘날리게도 하였으나 현재는 만장이라는 자체가 전혀 보이지 않는다. 상여는 마을의 당산(서낭당)을 피해서 나가는데 가까운 곳을 두고도 멀리 돌아갔으며

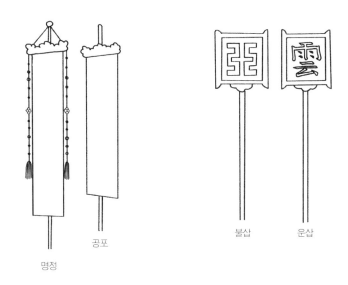

명정

공포

불삽

운삽

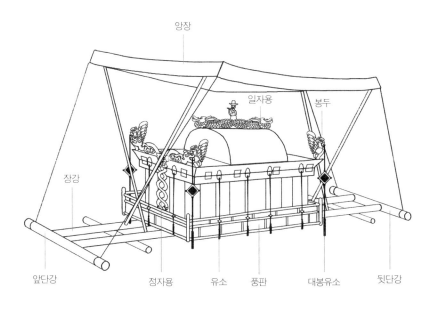

앙장

일자용

봉두

장강

앞단강

정자용

유소

풍판

대봉유소

뒷단강

나뭇가지에 닿으면 여우나 들짐승의 피해가 온다고 조심하였다.

이렇게 상여가 나갈 때 영정이나 위폐 앞에 명정, 공포, 불삽이 앞장서고 요령꾼은 상여 앞에 서거나 올라가서 상두꾼을 지휘하며 나가고 뒤에 운삽이 서고 상주와 조문객은 뒤를 따라갔다. 또 좁은 길이나 혹은 외나무다리를 건널 때는 상여를 맨 상두꾼들이 서로가 허리를 뒤로 한껏 젖히며 다리만 마주 모아서 묘기를 부리는 듯 거뜬히 지나기도 했다. 이때는 요령잡이의 지휘가 진가를 발휘한다.

묘지에 도착하여 장례의식에서 평토재가 끝나면 상주들은 돌아가는데 영정을 들고 온 손자나 조카가 앞장서면 뒤를 따라 상주들이 따르게 된다. 그때는 상여가 온 길을 정확히 밟아서 가야 했다.

이렇게 상여가 동원되는 장례에서 요령잡이는 매우 중요하다. 망자의 집안 내력을 모르는 사람이면 미리 그 집안의 사정을 적어서 이에 따라 선소리를 하였고 망자와 산자의 중간역할로 슬픔과 웃음, 고뇌와 고통을 노래로 승화시키는 재담은 인근에서 가장 말 잘하는 인물이 동원되었고 이때의 선소리는 그 시대의 풍속과 현황을 정확히 짚어내기도 하였다. 이는 민초들이 함부로 얘기하지 못하는 사정을 상여소리로 풀어낸 것이다. 정치를 비판하고 부자를 경멸하며 악인을 나무라고 의인을 칭송하는 재담은 장례에 참석한 모든 사람의 귀를 모으게 하는 역할을 하였다.

우리의 근대와 현대사에 유명한 상여가 많았는데 김구 선생이나 여운형 등과 같은 유명인사의 장례 때 사용한 상여는 크기가 크고 상두꾼도 많이 동원되었다. 최근에는 상여가 꽃상여로 변하여 가볍고 보기는 좋았으나 일회용으로 제작되어 보존가치는 없었다. 전통의 나무로 된 조각 상여는 이제는 박물관에서도 보기가 어렵다.

　필자도 단 한 번 친구의 모친 초상에 요령꾼으로 참여한 경험이 있으나 사라져가는 장례문화가 가마득할 뿐이다. 지금은 들을 수 없는 상여소리가 어렴풋이 귓가에 맴돌고 있어 안타깝다. 그 아쉬움을 달래기 위해 상여소리를 더듬어가며 이렇게 한 권의 시집으로 엮어본다.

차례

상여소리

01~11

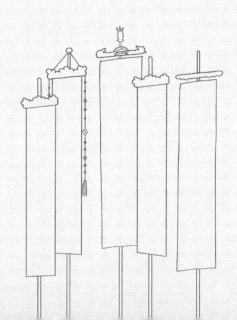

어-노 어-노
어나리 넘자 어-노

이상여가 뉘상여냐
옥동자로 태어나서
애지중지 귀공자로
지극정성 자라나서
이목구비 훤칠하게
세상놀음 일등이라
이것저것 다갖고도
옥황상제 부름받고
저승으로 가는구나
불쌍하다 불쌍하다
가진것들 어데두고
빈손으로 가는구나
사람들아 날좀보소
살아생전 부귀공명
쓸데없네 쓸데없어
욕망으로 얼룩진삶
하나라도 못버리고
가는구나 가는구나
허무하게 가는구나

상
어
소
리
01

어-노 어-노
어나리 넘자 어-노

간다간다 나는간다
북망산천 어디메냐
오라해서 간다마는
날찾는이 누구인가
이고갠가 저고갠가
혼잣길이 멀고멀다
인생팔십 정한길이
이다지도 험했던가
가는길에 돌아보니
왔던길이 그길이네
간다간다 나는간다

상여소리
02

어-노 어-노
어나리 넘자 어-노

죽음은 산자의 몫이지만
문밖 안개 속에
무엇이 있다는 것을 알고
세상을 열지 않는다
첫마디 울음 지켜주는 손길에 안겨
눈 감고 한 걸음 앞을 그려볼 뿐이다
인간은 태어나는 순간부터가 아니고
만남의 순간부터 시작되는
반쪽 여행자
눈 감고 태어나 눈뜰 때까지와
웃음과 울음을 구별하고
걷기와 뛰기를 선택할 능력이 생길 때
떨어진 반쪽을 찾는
그때부터 인간이다

상
여
소
리
03

어-노 어-노
어나리 넘자 어-노

진자리 마른자리 챙겨가며
뜬눈으로 밤을 지새는
어머니의 숨결 알았을 때가
최고로 행복한 시기다
가까이 다가드는 기적 없이
어머니의 체향은 정성으로
그대 곁에 머물렀지 않은가
그 손길을 몰랐다면
지금 쉬는 숨결도 가짜다
그렇다고 돌아보지 마라
어머니는 이미 그 자리를 떠나
또 다른 그대 자리를 찾고 있다
새로운 그곳에서의 삶은
이미 어머니의 손길로 다듬어졌다

상
어
소
리
04

어-노 어-노
어나리 넘자 어-노

아버지의 등은 영원히 크다
발자국이 작다고
쌓은 탑이 낮다고
거친 그 손길에 손바닥 대지 마라
말 한마디 하지 않고
눈빛이 옅어도
그대가 발산하는 열기 충분하잖은가
길가에 즐비한 풀잎에
흙먼지 낀 것과
밤하늘 은하수가 흐린 것
모두 소나기에 씻겨도
아버지가 남겨준 불씨는
그대 그림자까지 달궈
자신의 길 닦았지 않은가
큰 산에 올라 내려다본다고
아버지를 잊지 마라

어-노 어-노
어나리 넘자 어-노

잘있거라 잘있거라
내가는길 막지마라
세상살이 끝난길에
나혼자만 간다드냐
사는것이 허무해도
지내보니 무량하다
이제가면 못올길을
혼자가니 눈물난다
앞산뒷산 뻐꾸기도
오늘따라 처량구나
돌아보고 돌아봐도
내온곳이 어디메냐
간다간다 나는간다
북망산천 어디메냐

상여소리
06

어-노 어-노
어나리 넘자 어-노

묻는다
가지에 앉은 새에게 묻고
갈참나무 노간주나무에도 묻는다
그러다가 올려다보고
하늘에 묻는다
대답은 없다
끝없이 솟아나는 의문은
가슴 속에 터질 듯한 용암이 된다
보이는 것과 보이지 않는 것
부딪친 것과 멀리 있는 것
손에 쥔 것마저 대답하지 않는다
태어나 죽는 순간까지
의문의 해답을 찾지 못하는
눈 뜨고 앞이 보이지 않는 삶
인생은 그런 거다

어-노 어-노
어나리 넘자 어-노

높은 곳에서 날면
낮은 곳에 떨어진다
황무지 개간하여
꽃나무와 작물을 심고
궁전을 지어 왕국을 만들어
따라주는 사람이 많다 해도
사는 건 언제나 혼자다
밥 떠주고 옷 입혀줘도
삼키고 움직이는 건 자신
잠자리에 들어 꾸는 꿈이
다른 사람에게 옮겨갈 수 없다
꼭대기에 올라 위를 보면
그보다 높은 곳은 하늘
솟구친 만큼 더 빨리 떨어져
땅속에 든다
높이를 바라는 건 현재를 잃는 것
수평에서 행복이 보인다

상여소리 08

어-노 어-노
어나리 넘자 어-노

올려다본 산이 더 높다
그대 지금 있는 곳 어디인가
높낮이 없다면 멈추는 세상
물흐름과 바람의 생명은
평지에서부터 시작된다
지금 낮은 곳에 있다고
올라가다 지쳐 주저앉아 있어도
포기하지 않는다면
봉우리에 올라설 날은 반드시 온다
그날을 기다리려면
고개 들어 위를 보지 말고
똑바로 앞을 봐라
봉우리는 낮은 곳에서 시작된
무너질 허상이다

상여소리 09

어-노 어-노
어나리 넘자 어-노

가지 없는 나무 바람을 모른다
순하게 살아가는 사람 없는데
뜻하는 대로 이뤄지고
원하는 대로 얻어지는 삶이라면
자연을 떠난 삶이다
아무 곳이나 손 내밀어
손바닥에 얹히는 것은
상상 속에 이뤄지는 허구
하나를 주고 둘을 받거나
열 개를 주고 하나도 못 받는 일은
삶의 셈법이다
많이 얻는 만큼 바람을 맞고
바람 속에서 키운 바램이
얻은 만큼 만족한다
바람 앞에 선 것을
어찌 두려워하겠는가

상
어
소
리
10

어-노 어-노
어나리 넘자 어-노

우리부모 날낳을때
고대광실 살았던가
초가삼간 처마끝에
고드름도 말랐다네
마당에는 강아지가
굶은채로 낮잠들고
지붕에는 박넝쿨에
부황박속 물렀다네
확독속은 매운고추
아궁이엔 솔가리불
살자하니 고생이요
죽는것은 두려웁네
이제가면 언제오나
묻지말고 따라오소

상
어
소
리
Ⅱ

상여소리

12~22

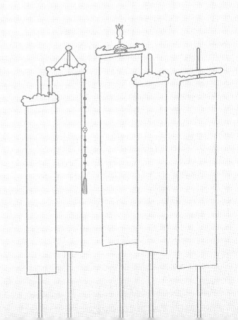

어-노 어-노
어나리 넘자 어-노

내려다보는 강이
더 길게 보인다
누구나 정해진 삶 속에
지나온 길은 지루하고
앞길은 보이지 않는다
가다가 어디쯤에 서서
뒤돌아 본 강이 아득하다고
그 자리에 말뚝 박겠는가
천년 고목을 말뚝 삼아도
그 뿌리는 지구에 있는 것
붙든다고 되돌아가지 않는다면
우주의 신비는 날조된 것이지
인생은 짧으나 헝클어진 매듭
단숨에 풀지 못한다고
끊어버릴 수 있겠는가
천천히 풀다보면 그것도 재미있지

어-노 어-노
어나리 넘자 어-노

남에게 기댄다고 부끄럽다고 하면
끝내 자신의 길을 잃는다
의지한다는 것은 잠시의 휴식
가는 길 함께 가다보면
어느새 자신의 발자국이 찍혀
잡은 손 놓게 된다
두 바퀴나 한 바퀴나
멈추면 넘어지는 것
목적지에 닿을 때까지 멈추지 마라
얻어먹는 자가 거지가 아니라
포기하는 자가 거지다
어떻게든 주어진 삶을 사는 게 인생
움직이지 않는다면
발자국도 없다

상
여
소
리

13

어-노 어-노
어나리 넘자 어-노

꽃잎 세던 손이
낙엽도 세는 거다
즐거움과 슬픔은 하나의 가지
좋을 때의 감동만으로 웃음 짓고
나쁠 때의 낙담으로 고개 숙이는가
좋거나 나쁘거나
하나의 몸에서 일어나는 희비
둘 중 하나를 택할 수 없는데
무엇을 걱정하는가
오늘의 슬픔이 내일의 기쁨이 될 수 있고
내일은 아직 닥치지 않았다
꽃송이 셀 때의 기쁨이라면
낙엽 헤아리면서도 웃을 수 있는 것
피었다고 넘치지 말고
떨어졌다고 포기하지 말자

상
여
소
리
14

어-노 어-노
어나리 넘자 어-노

제자리에 앉아 무엇을 바랄까
한 걸음 앞에 금괴가 보여도
다가가지 않으면 남의 차지
옷 젖지 않게 조심조심 걸어도
이슬 털어낸 걸음이 서릿발 밟는다
옷깃 여미는 양반
냇물 만나면 종아리 걷어붙이고
전장의 말 탄 장수
뛴 걸음으로 적을 무찌른다
아끼는 몸이 건강을 잃어
병상에 누워 지내는 걸 봤다면
쉬지 말고 움직여라

상
여
소
리

15

어-노 어-노
어나리 넘자 어-노

노래 부르는 입에서
울음도 나온다
슬픔과 즐거움은 평등
누구는 크고 누구는 작지 않다
무엇을 잃는 일
무엇을 얻는 것
잠깐이면 지나가는 일상
좋다고 노래 부를 때와
슬퍼서 울어야 할 때
스쳐 지나간 길섶 이슬과
밟고 지나온 모래를 생각하자
좋았다고 쌓을 수 없고
슬펐다고 잊히지 않는다
그대 가장 기쁠 때
누군가는 통곡의 눈물 흘리고
그대 넋을 잃어 눈물 흘릴 때
어떤 사람은 크게 웃는다

상
여
소
리

16

어-노 어-노
어나리 넘자 어-노

울지마라 울지마라
누구나가 가는길에
울음으로 달래지랴
잡는다고 말려지랴
한번왔다 가는인생
돌아봐도 변함없다
어느누구 살던곳이
고대광실 궁궐에도
그도나도 가는길엔
빈손으로 휘젓는다
살아생전 고생길도
이제보니 별것없고
호의호식 했다해도
옷한벌로 가는구나

어-노 어-노
어나리 넘자 어-노

하늘나라는 믿음으로 가는가
누구나 가는가
믿음으로 살고
불신으로 죽지 않는데
무엇이 두려워 무릎 꿇는가
어느 누군가는
하늘에 가보니 믿는 사람만 있다던데
믿었다는 것을 무엇으로 알 수 있는가
신을 위한다는 핑계로
사람을 죽이는 건 정당하고
믿음이 없는 자를 멸시하는 게
하늘의 정의인가
사람은 사람 노릇을 해야 사람
사람을 받들 줄 알아야만
신이라 불리는 거지
진정으로 하늘나라에 가고 싶다면
우주선을 타라

어-노 어-노
어나리 넘자 어-노

길가에 뒹구는 돌멩이
허리 굽혀야 보이는 풀꽃
꺾인 나뭇가지 하나도
쓸모가 있다
웅덩이에 갇힌 물도 썩지 않으며
날지 못하는 새와
햇살에 눈 못 뜨는 지렁이
그 지렁이 찾아 땅굴 파는 두더지
이름 모를 풀 한 포기도
쓰임새가 있기 마련이다
못 가졌다고 작은 게 아니고
알지 못하여 얻지 못했을 뿐이다
많이 가진 자가 편하게 산다면
평등의 저울은 한쪽으로 기울어
달과 지구는 부딪친다

어-노 어-노
어나리 넘자 어-노

먹는 입에서 욕도 나온다
함부로 한 말
흩어져 사라지지 않는 돌멩이 되어
뱉은 입 다친다
귓구멍 크게 열어
지나는 말 모두 주워 담지 않아도
말은 총알 되어 뚫고 오는데
보이지 않는다고 뱉은 말
줄 타지 않겠는가
꽃을 꽃이라 부르고
새를 새라 불러도 믿지 않는데
개를 늑대라 칭하고
토끼를 고양이라 하는가
먹는 만큼 말할게 아니라
굶은 만큼 절실하게 입을 놀려라

어-노 어-노
어나리 넘자 어-노

함부로 길 내지 말자
처음 닦는다고 낸 길이
어떤 사람에겐 수렁이 되고
엉뚱한 방향이 된다
발자국 따라 오는 걸음이
제대로 짚어간다 해도
그대가 남긴 채취는
악취가 되기도 한다
남의 길 따르는 것이나
내길 내는 것이 같지 않은데
여기저기 길을 낸다면
숲은 사라져 황무지가 되고
겹친 길 위에 절망이 남는다

상여소리 21

어-노 어-노
어나리 넘자 어-노

모르는 건 부끄럽지 않다
배우기 전에는 알 수 없는 것
손에 쥔 게 뭔지 모른다고
머뭇거리는가
하나 더하기 하나는 둘
밥 한 그릇에 국 한 그릇은
누구나 아는 셈법
삶 속에 든 진실은 몸으로 배우고
살기 위한 수단은 세월이 가르치는데
모르는 건 모른다고 하고
아는 것도 짚어가야지
길을 걷다가 알지 못하는 것을 만나면
아무에게나 묻고 물어라
여유는 아는 만큼 생기고
삶의 질은 밝게 빛난다

상
여
소
리

22

상여소리

23~33

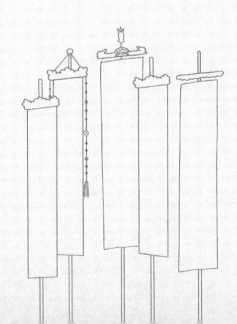

어-노 어-노
어나리 넘자 어-노

화덕 앞에서는
누구나 따뜻하다
앉은 자리에서 동정하지 마라
받는 사람 가슴 속 드려다 보고
손끝의 떨림을 봤다면
주는 것을 멈춰라
물질로 살아가도
정신으로 죽는 게 사람
죽음 앞에서도 남기는 건 자존심이다
출발이 같고
목적지도 똑같은 세상
화덕 앞에서는
누구라도 따뜻하다

어-노 어-노
어나리 넘자 어-노

저놈봐라 저놈봐라
애비어미 후덕으로
대학나와 박사사고
한량노릇 하더니만
누구만나 감투쓰고
국회의원 나간단다
이놈저놈 몰려들어
당파싸움 감투싸움
피터지는 여의도에
무슨수로 들어갔나
뒷구멍을 파혜쳤나
하는짓은 새앙쥐요
노는꼴이 꼴뚜기라
백성들만 생고생에
허리띠만 줄어간다

어-노 어-노
어나리 넘자 어-노

앞서간 자가 빠른 게 아니다
서두르지 마라
비행기의 꿈은 내릴 자리 찾는 것
멀리 높이 빠르게 간다고 해도
내릴 수 없다면 제자리
하늘은 죽은 자가 차지한다
달리고 달려 도착한 곳은
표시하지 않아도 그 자리
어차피 돌아올 길
빨리 달린 만큼 얻을 수 없다
시간은 가면서 오는 것
느리거나 빠르거나
일정하게 돌고 돌아간다
제자리에 서서 기다리는 자가
더 많이 쌓는다

상
어
소
리

25

어-노 어-노
어나리 넘자 어-노

두레박 속에는 물밖에 없다
무엇인가를 믿지 못하여
들여다보고 싶거든
우물을 봐야지
거기 하늘이 있고 이끼가 보이면
바로 고개 끄덕여라
마시는 물속에 티가 있다면
그건 웅덩이다
모르는 것은 누구에게나 묻고
아는 것은 남에게 가르쳐주며
그렇게 살면 되는 걸
무엇을 못 믿어 의심하는가
믿는다는 건
나를 주어 남의 마음을 사는 것
우물물 퍼 올리는 두레박 속에는
물밖에 없다

상어소리 26

어-노 어-노
어나리 넘자 어-노

개가 풀 뜯어먹으면 비 온다
길을 벗어나려거든
풀섶을 비껴가라
누구나 가는 길을 바꿀 때는
따라오는 사람을 살피고
바꿔 입은 옷 색깔 보여줘야지
일상을 벗어난 몸짓은
울타리 허물어 장독 깨지고
빨랫줄 건드려 제비 쫓는다
사람의 길은 사람이 걷고
산짐승의 길은 사람도 걷지만
두 길이 합쳐지면 혼란한데
걸어가며 옷 바꿔 입는가

어-노 어-노
어나리 넘자 어-노

길앞잡이보다 뒤따라가는 것이 났다
눈 위에 발자국 찍기
나뭇가지 쳐내며 숲속에 길 내기
물속 깊이 재며 징검다리 놓기
모두가 남을 위한 헌신이라지만
지나고 나면 다 잊는다
그래도 앞장서고 싶다면
손잡고 가라
혼자 이룬 것은 이름뿐이고
함께한 것은 업적이다
삶의 길은
곁에 아무도 없다는 걸 확인 하는 것
그 길에서 만난 사람도 혼자
만남의 인연 놓치지 않으려면
앞장서지 말고 함께 가라

상
여
소
리
28

어-노 어-노
어나리 넘자 어-노

자신을 모르겠거든
친구를 봐라
거울에 비춰본 모습은 거짓이다
슬픔은 참고
웃음은 크게
분노는 더 높게
그렇게 포장해서 사는 길
어디에 비춰야 참모습일까
주는 것 없이 반갑고
받는 것 없이 고마운 건
함께 가는 친구뿐
곁에 있다는 것만으로 행운이다
주었다면 준 사실을 잊고
받은 게 있다면 바로 갚아라
친구는 자신의 참모습 알려주는
거짓 없는 거울이다

어-노 어-노
어나리 넘자 어-노

사람사는 세상속에
잘났거나 못났거나
이목구비 똑같은데
누군가는 희희낙락
누군가는 애통비통
어쩌다가 이리됐나
평등하다 말만말고
제살깎아 나눠주소
담밖저쪽 원성소리
안방에서 듣나마나
천국있다 하지말고
대문열고 곡간풀소
나눔으로 엮인삶이
천국대문 열쇠라네

상
여
소
리
30

어-노 어-노
어나리 넘자 어-노

왼쪽 뺨을 때리거든 잠시 피해라
한 번 맞았다면
이유를 생각하고
때린 사람의 사정을 헤아려야지
두 대 맞고 원수가 되려는가
분노는 그 자리를 피하면 가라앉는데
손찌검 두 번에 쌍불꽃 튄다
이웃을 사랑하라
원수를 사랑하라
그 말 믿지 마라
사랑은 참는 것으로 오는 게 아니라
자신감에서 오는 것
누구를 사랑하려 한다면
자신을 키워 세상에 우뚝 서라

상
여
소
리
31

어-노 어-노
어나리 넘자 어-노

돈은 찍어내는 것이 아닌
노력으로 나오는 땀이다
하나를 두 개로
두 개를 넷으로 불려가며
심보에 쌓는다면
돈이 아닌 쓰레기다
천당을 믿는다면
분명 지옥이 있고
돈 많은 게 천당이라면
돈 없는 건 지옥인가
돈 많이 얻었다고
네 것이라 하지 마라
하나를 얻을 때마다
잃는 사람이 있으니
돈마다 따라온 원한이
그대의 지옥
얻을 때마다 감사하라

어-노 어-노
어나리 넘자 어-노

옷 젖지 않고 입맛 다시는가
얻으려는 몸짓 없이
감나무 밑에서 입 벌리고
주식도표에 눈 멀어
식탁을 꾸미는 구나
물속에 발 담그는 새가
먹이를 낚아채고
산 넘어가는 짐승이
새 터를 잡는다
불 켜고 뛰어도 모자라는데
제자리에 앉아
무엇을 바라는가
기다림으로 얻는 것은
미덕이 아니다
삶의 정의는
뛰고 뛰어 제 몫을 찾는 것

상
어
소
리
33

상여소리

34~44

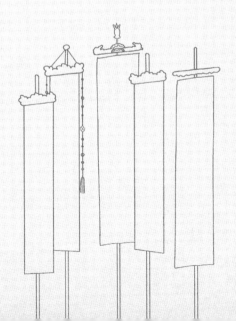

어-노 어-노
어나리 넘자 어-노

까치가 깨워 아침이 오는가
아침이 와서 까치가 우짖는가
밤낮의 차이는
말뚝 박는다고 바뀌지 않는다
오늘은 내일의 길목이 아니고
내일은 오늘의 바램이 아니다
동쪽을 향하여 도는 지구가
서쪽 달 보고 거꾸로 돌겠는가
한 방향으로 돌아가는 건 불변
까치가 소리치는 건
잠에서 깨었다는 신호일 뿐
이슬 맞은 이유 묻지 말고
그날그날에 최선을 다해라

어-노 어-노
어나리 넘자 어-노

기억을 지워라
잊는 것이 행복의 최대 조건
모든 불행은 추억에서 온다
누구에게 돌 던진 것
짜증 부리며 욕한 것
잘못 없이 매 맞고
이유 없이 빼앗겼다고
하나하나 기억하여 몸서리친다면
꽃밭에 앉아 벌 쏘이는 것
바보가 즐거운 건
눈앞의 위기를 몰라보고
매 맞는 이유를 알 수 없기 때문
행복을 바란다면 모두 잊어라

상어소리
35

어-노 어-노
어나리 넘자 어-노

백성들은 절레절레
아니라고 소리쳐도
입다물고 귀를막네
만백성의 어버이가
어쩌다가 백성들의
근본뜻을 돌려놓나
그누구집 사랑방에
씨받이로 태어났나
고대광실 처마밑에
업둥이로 들어왔나
나라살림 거덜내러
제멋대로 쓰는구나
이보게나 이보게나
청기와집 나서다가
몽둥이질 당할건가
이제라도 정신차려
두루두루 살피게나

어-노 어-노
어나리 넘자 어-노

열 개 팔아
하나 얻는다면 상인
세 개를 얻는다면 장사꾼
열 개를 남긴다면 도둑이다
농부는 일군 만큼 얻고
장인은 깎고 다듬어
주어진 만큼 만족하는데
단번에 창고를 채우려 하는가
한걸음에 닿는 그림자 같지만
두 걸음 걸어도 곁에 있는데
쌓고 쌓아 어디에 두려나
많이 가지려 도둑질 말고
얻은 만큼 비워
사람 얻는데 전부를 걸어라

상여소리

37

어-노 어-노
어나리 넘자 어-노

가면 쓰고 웃는구나
그것만으로도 다행이다
속이고 빼앗고 거짓말하고
살기 위한 변명은
화톳불 속에서도 차갑다
선동으로 얻은 자리는
늘 흔들려도 제자리
힘으로 빼앗은 건
철벽 속에서도 더 깊은 곳에
거짓은 거짓을 낳고
변명하다 지친 표정에 암탉이 웃는다
차라리 얼굴 가린다면
보는 사람의 눈이 편하지
양심이 있다면
가면 쓰고 웃어라

상
여
소
리
38

어-노 어-노
어나리 넘자 어-노

완벽한 것은 없다
직선으로 내리는 비를 보았나
흩날리지 않는 눈발을 보았나
새로운 걸 만들었다면
이름 지어주고 멀어져라
창조는 발견하지 못한 걸 보는 것
자신의 작품이라 허풍을 쳐도
자연 속에서 끄집어낸 것뿐이다
앞으로 달리며 옆을 보고
뒷걸음치면서도 볼 수 있는 앞을
혼자의 고집으로 접는가
누구나 볼 수 있는 걸
먼저 봤다고 소리치는가

어-노 어-노
어나리 넘자 어-노

자탄하지 마라
우산을 써도 옷은 젖는다
출발하기 전에 살피고 살펴도
거스를 수 없는 게 있다
지팡이 들고
등에 가방을 짊어져도
무엇인가는 빠뜨린다
주춧돌 아래 조약돌 넣고
기왓장 밑 흙은 빼먹고
깃대에 깃발 잊을 수도 있는데
깜박 잊었다고 한탄만 할 건가
장터 시간 못 맞춰서 뜬다고
파장이 늦춰지지 않는데
오늘을 내일이라 착각하지 마라

상
여
소
리
40

어–노 어–노
어나리 넘자 어–노

기회는 평등
착지는 능력이지만
새보다 빨라야 새를 잡는다
매의 눈을 달고
송곳발톱 가졌어도
날개 없이 하늘 날까
쓰지 않고 고기를 잡을까
손에든 것이 총이라도
방아쇠 당기지 않으면 막대기
맨손으로 잡는 먹이가 값어치 있다
보이면 뛰어라
헛손질 헛발질도 하다보면
기술이 된다
평등은 책 속의 글귀
능력은 몸으로 익힌다

상
어
소
리
41

어-노 어-노
어나리 넘자 어-노

피죽먹고 지팡이로
땅바닥을 두드려도
나라곡간 꽁꽁닫혀
길바닥에 뒹구는데
판사검사 높은감투
번쩍번쩍 빛이난다
주인장이 누구더냐
백성들이 주인이라
감투벗겨 내동댕이
멍석말이 모자란다
잡아드려 하는재판
입맛대로 판결인데
주인들은 입다물고
눈치코치 돌아가네
그누군가 고치려나
백성들아 정신차려
힘을모아 두들겨라

상여소리 42

어-노 어-노
어나리 넘자 어-노

열리는 문이 닫힌다
전부 줄 것 같은 사랑의 문
절대 주지 않을 것 같은 욕심의 문
꿈쩍 않을 것 같아도
열린 뒤엔 닫히고
닫힌 뒤엔 열린다
두드려서 열리는 문이라면
기다릴 것도 없다
안과 밖을 구분하는
너와 나를 구별하는
손잡이는 언제나 앞에 있다
밖에 있으나 안에 있으나
밀고 당기는 소통으로 존재하고
원하는 것보다 응하는 것으로
세상을 열고 나를 닫는다

상
어
소
리
13

어-노 어-노
어나리 넘자 어-노

기회를 잃었다고 포기하는가
그 자리에 있어도
놓친 시간은 다시 온다
당장 잃은 건 잃은 게 아닌
잠시의 여유를 주는 것
놓친 고기가 큰 것 같아도
눈에 보였다면
손바닥에 묻은 모래다
바람은 다시 오지 않지만
언제나 뒤따라오는 것도 바람
앞에서 맞고 등 돌려 마중한다
오늘 놓친 것은 잊고
내일의 그물을 쳐라

상여소리 44

상여소리

45~55

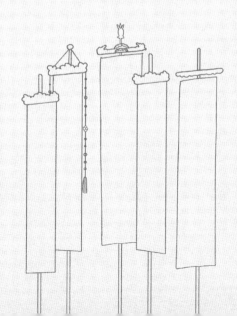

어-노 어-노
어나리 넘자 어-노

맛은 기분 따라 틀린다
혀를 꼬부리게 하는 고추맛
눈 감게 하는 꿀맛
코 비틀어지게 하는 매실맛
목구멍 닫게 하는 소태맛
눈으로 보고 향에 취해도
앉은 자리의 느낌 따라
단맛이 쓴맛으로
신맛이 매운맛으로
입술에 닿기 전 바뀐다
잔칫상 받기 전에 한번 웃자
병풍 앞에 그려진 풍경을 향해
손뼉 쳐주고 자리에 앉아
맛 찾는 혀끝을 둥글게 모으자

어-노 어-노
어나리 넘자 어-노

내 일을 하는 사람이 될 것인가
남을 바라보는 사람이 될 것인가
산다는 건 두 가지뿐이다
걷든가 뛰든가
가만히 앉아 있어도
거기에 맞는 일을 찾아라
뛴 뒤를 따라 뛴다고
그만큼 얻어지는 게 아니다
크기를 남과 비교하지 마라
얻은 만큼이 자신의 크기도 아니다
작게 쌓았어도 만족하면 보이고
많이 가져도 만족하지 못하면
영원히 작을 뿐
나의 일을 하는 것에 만족이 있다

어-노 어-노
어나리 넘자 어-노

우물 안 개구리의 하늘도
그 하늘이다
누가 작다 하는가
보이는 것이 그것뿐이라면
그보다 큰 것이 있을까
넓고 높다는 것은
한 번도 본 적이 없는 새로움 일뿐
큰 것과 작은 것의 차이는 없다
작다는 걸 알려고 하지 마라
넓은 걸 보지 못했다면
무엇이 다른가
삶은 크고 작은 것을 비교하는 게 아닌
자신의 길을 가는 것
오늘 만족했다면
내일도 행복하다

상
여
소
리
47

어-노 어-노
어나리 넘자 어-노

재주많아 재인이여
앞서간자 둘러보게
이승만은 도망치고
윤보선은 돌아앉고
박정희는 비명횡사
최규하는 꿀벙어리
전두환은 흉노족장
노태우는 여진족장
김영삼은 멸치장사
김대중은 사람장사
노무현은 불덩어리
이명박은 감옥가고
박근혜는 철창신세
누구인들 못할라고
억지써서 그랬겠만
세상살이 눈떠보면
그사람이 그사람들
한치앞을 못보고서
헛놀림에 헛발질길
이제라도 늦지않아

상여소리 48

얼마든지 갚을진대
백성원성 귀에담아
만고열사 구국충성
진심으로 이루게나

어-노 어-노
어나리 넘자 어-노

삶의 길에 혼자는 없다
손을 잡아라
지팡이 짚을 때까지의 거리는
한 치 앞이다
꽃피는 거리에서
단풍잎 떨어지는 숲에서
웃음으로 떠들썩한 마당에서
보고 듣고 느꼈다 해도
눈동자에 그려진 모습과
귓구멍에든 소리
가슴 속에 젖어든 울림이 혼자라면
바람 따라 가버리는 그림일 뿐이다
기쁘거나 슬프거나 또는 울적하여도
잡은 손에서 전해오는 말은
걷는 길의 등불이 된다

상
여
소
리

49

어-노 어-노
어나리 넘자 어-노

막히면 돌아가라
바람길은 벽이 낸다
돌아가는 길 멀 것 같아도
고개 넘는 것보다 가깝다
이쪽으로 가나 저쪽으로 가나
몇 걸음 더하면 되는데
넘어가려다 주저앉는가
고난을 겪은 자가 오래가고
많이 걸어야 멀리 간다
바람에 밀리든 따라가든
파도의 길은 바위 앞까지
인생길은 한 바퀴 돌아오는 것
가는 길이 막혔다면 돌아가라

상
여
소
리
50

어-노 어-노
어나리 넘자 어-노

산다는 건 힘들다
땅을 파고 고이는 건 땀뿐이고
내뿜은 열기에 몸이 녹는다
먹기 위해 사는가
살기 위해 먹는가
일하지 않으면 먹을 자격 없고
일한다 해도 목구멍에 풀칠하기
이런 삶 속에서
누워서 떡 먹으려 하는가
공짜는 없다
손놀림만큼 쥐어지고
쉬는 만큼 빈주먹인데
누워서 떡 먹으려 하는가

상
여
소
리

51

어-노 어-노
어나리 넘자 어-노

내가 짓지 않고
내가 쓰는 나의 이름
어디에 올려 높일 것인가
누가 불러 주었을 때
내 것이라 부르는가
이름은 나를 부르는 나의 기호
널리 알린다고 커지지 않는다
어느 곳에 찍든지 그것은 소수점
대답 잘못하면 의문점만 남고
너무 크게 대답하면 느낌표가 찍힌다
올린 이름이 버거우면 쉼표를
그게 가벼우면 물음표를 찍어라
소리 내지 않아도 뽕나무는
소리가 이름이다

상
여
소
리
52

어-노 어-노
어나리 넘자 어-노

신을 믿는가
돈을 믿는가
살면서 바라는 게 있다면
그것이 우리의 신
자리 높이 따라 높아지고
돈의 무게 따라 믿음이 무거워진다
전부를 기대어
전체를 얻으려는 욕심이 신을 만들어
죽어서까지 기대고 싶은
우리가 만든 돈
가는 곳마다 함께하고
잠자리에 들어서도 갈망하며
육체와 정신을 지배한다
오늘은 어디에서 받들고
내일은 어느 곳에 모실까
무엇이든 가질 수 있고
신을 불러 재주 부리게 하는 돈
지금 네가 간절히 바라는 건
신이 아닌 돈이다

상여소리 53

어-노 어-노
어나리 넘자 어-노

농사꾼은 초가지붕
장사꾼은 양철지붕
양반상놈 구별없어
두루두루 평안한데
논밭깎아 세운지붕
저것들이 무엇이냐
선거해서 뽑은일꾼
사랑채가 재격인데
아방궁이 웬말이냐
공무원들 제멋대로
혈세거둬 궁궐짓네
산보다도 높은지붕
어쩌다가 저리됐냐
이놈들아 이놈들아
세상인심 외면마라
백성들이 화를내면
한순간에 무너진다

상여소리 54

어-노 어-노
어나리 넘자 어-노

쉽게 얻은 건 내 것이 아니다
길에서 주웠다고
호주머니에 담겠는가
빼앗아 창고에 넣겠는가
스스로 만들지 않고
고마움으로 받은 게 아니라면
내 것이 아니다
욕심은 화를 불러
물속에서 불붙고
불속에서 물 부른다
손에 들어 놓칠 것이라면
그 자리에 둬라
식은 죽 맛은 체한다

상여소리

56~66

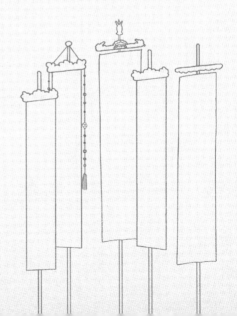

어-노 어-노
어나리 넘자 어-노

새가 새 잡아먹고
짐승이 짐승 잡아 살아간다
풀 뜯어 먹다 농사짓는 건 사람뿐
일하기 싫으면 먹지도 마라
사람 틈에 끼어
이리저리 눈치보다
낚아채고 빼앗고 속이며 사는 건
사람 노릇 포기한 거다
제 손에 물 안 적시고
흙탕물 묻은 옷 감추려거든
일치감치 포기하라
남의 등에 얹혀서 사는 것은
진득이 뿐
살갗의 생채기는 흉터 되지 않는다

어-노 어-노
어나리 넘자 어-노

말이 말 달리면 소문이다
귓속에 닿으면
태산도 모래가 된다
혀끝을 떠나기 전에
묶인 끈 가다듬어도
돌고 돌아 내 귀에 돌아올 때는
바위에 부서지는 파도
거스를 수 없어 무너지고 만다
깊이 우러나지 않은 말
메말라 부서진 말
갈라져 날카로운 말
촉촉하게 침 젖지 않은 말
말은 내가 하고
다른 사람이 듣는 것
내뱉을 때부터 입단속 하라

상
여
소
리
57

어-노 어-노
어나리 넘자 어-노

흑색이 흰색을 만나 회색
파란색이 붉은색에 섞여 보라색
색이 색을 만나 다른 색이 되듯
사람과 사람이 만나면 다른 사람
회색이 회색을 만난 듯
빨강이 빨강을 만나듯
사람과 사람도 그렇게 엮여야지
나를 버리고
또 다른 나를 만들기 위해서는
자신을 죽여라
나의 색이 없어야 한 가지 색이 되는 것
길 가다 만나든
찾아다니며 만나든
걸음 멈춰 다른 사람 걸음을 보라

상
여
소
리
58

어-노 어-노
어나리 넘자 어-노

어느 누가 혼자 산다고 하는가
그 삶은 분명 남루하다
손잡지 못한 삶이
무슨 가치가 있겠는가
사람은 기대어 함께 가는 존재
아는 만큼 남에게 베풀어
그 덕으로 살아간다
배워서 남 주냐고 묻거든
그렇다고 대답하라
혼자 위해 배웠다면
실오라기만큼의 가치도 없다
시작부터 베풂의 덕을 쌓아
쉬지 않고 닦는다면
삶의 질은 강물을 이뤄
사람이 들끓는 대지를 이룬다

어-노 어-노
어나리 넘자 어-노

민주주의 민주주의
노래하듯 하지마라
공정하고 평등하게
너와내가 똑같은데
너틀리고 나는옳고
가진자의 목소리만
세상천지 가득하다
쌀팔아서 사는사람
소키워서 뗸사람도
국회의원 되자마자
민주주의 잃는세상
민중들은 담뒤에서
뛰다기다 애터진다
날좀보소 날좀보아
아기들이 그걸보고
배를잡고 웃는구나
필요없네 필요없어
민주당도 국민힘도
모두모두 비켜나라
백성들이 손을잡고
민주세상 만들난다

상
여
소
리
60

어-노 어-노
어나리 넘자 어-노

'외로워서 사람이다'라는 말
틀렸다
둘이 모여서 사람인데
사람이기를 포기하여 외로운 거다
꽃을 보는 것
바람 막는 것
얻기 위해 일하는 것
살기 위해 먹는 것
어느 것 하나 홀로 이뤄지랴
혼잣말은 독백
둘이 하는 말은 노래
옆에 다른 사람이 보이지 않으면
찾아 불러 함께하라
외롭다는 건
죽음을 앞에 두고
저승사자의 눈앞에 선 것이다
먼저 손 내밀어
사람다운 사람이 되라

어-노 어-노
어나리 넘자 어-노

자세히 본다는 건
속까지 살피는 거다
뚫어지게 보지 마라
남을 대할 때
자신을 감춘다면
아름다움은 볼 수 없다
세상에 못난 것이 있을까
나름대로 살아가는 방법 따라
모양을 갖추는 것
무엇을 자세히 보려는가
처음 볼 때의 모습이 진실인데
자신을 감추고
주저앉아 꿰뚫어 보려 한다면
아름다움은 영원히 감춰진다

어-노 어-노
어나리 넘자 어-노

사랑의 대상은 한정되지 않는다
미움의 대상도 정해질 수 없다
받아들이는 자신의 감정을
조정 할 수 있다면
사랑과 미움은 양손에든 평행 추
사랑하라, 사랑하라
가르치려 든다면
그 속에서 나오는 게 미움이다
사람에게는
사랑도 미움도 없는데
무엇을 사랑하고 미워하는가
보이는 그대를 보아라

어-노 어-노
어나리 넘자 어-노

이웃의 담이 높거든
사다리 걸치지 마라
감추려하는 건 본능
억지로 본다면 이웃이 원수 된다
벌거벗고 다녀도
부끄러움 모르는 사람과
죄짓고도
고개 들고 다니는 사람은
남을 의식하지 않는 독선자
짐승 울음에도 돌아보지 않지만
뻥 뚫린 집안을 보여주며
거리낌 없는 건
질서를 거스르는 행위
감추려는 걸 억지로 보는 건
책임이 따른다

어-노 어-노
어나리 넘자 어-노

삶은
이기고 지는 것인가
산다는 건 도박이 아니다
패자의 지갑은 빚으로 채워지고
승자의 지갑은 언제나 비어 있다
이겼을 때 웃음은 하루
그 하루에 중독되어 헤어나지 못하고
졌을 때의 한숨은 오기로 변해
도박장 어둠을 헤매게 한다
승패를 삶에 비교하지 마라
시간은
불길 속에서도 흐르고
물속에서도 변하지 않는데
불변의 흐름 속에서
한순간의 만족을 얻으려 하는가
오늘 졌다면 복수를 꿈꾸지 말고
내일의 태양에 새로운 불씨 살려라

어-노 어-노
어나리 넘자 어-노

촛불모아 쫓아내고
들어앉은 절대권력
백년집권 큰소리가
왕정복귀 선포인가
말한마디 안했어도
눈짓하면 읊조린다
국민눈은 매서운데
귀를막아 몰라몰라
눈을감아 시침데기
철모르는 아이들도
텔레비전 앞에앉네
사방천지 간신배들
어디에다 몰아넣고
나라다운 대한민국
만천하에 선포할까

상여소리

67~77

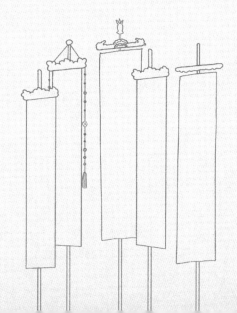

어-노 어-노
어나리 넘자 어-노

명망이 높다는 건
보는 눈이 많다는 거다
한 푼의 이탈도 용납되지 않고
작은 생채기도 감출 수 없다
이름 앞에 쌓인 빛살만큼
허용되지 않는 가름막
길가의 돌멩이도 걷어차지 마라
이름 없던 자가 갑자기 나타나
대중의 이목을 받는다면
그만큼의 시기심이 따르고
무너뜨리려는 세력이 발생하는 것
철판 위에서 살금살금
눈짓 한번에도 고개 돌리지 마라
인기는 물거품
파도치지 않아도 사그라진다

어-노 어-노
어나리 넘자 어-노

남을
헐뜯고 핍박하고 경멸하고
자신을
치켜세우고 허세 부리는 것은
사람 밖의 사람이다
한쪽 팔과 다리
또는 앞을 보지 못하고 듣지 못하는
신체 불구의 사람보다
정신수양이 모자라는 게
진짜 장애인
사람다운 인성과
배려하는 양보가 없이
험담에 앞장서고
남을 깎아 자신을 드러내는 사람은
절벽 위에 선 짐승과 다름없다

어-노 어-노
어나리 넘자 어-노

시간은 잊은 자의 것이다
가면서 오는 것에 젖지 않는다면
제자리에 머무는데
어차피 붙잡지 못할 것에
의연하지 못하는가
몸이 기억하는 건
훌훌 털어내어 알몸 되고
정신이 기억하는 건
몸으로 부딪쳐 잊어라
산 하나를 옮기는 것과
호수 물 퍼내는 것에 힘을 쓴다면
자신을 잊고 시간도 잊는다
산다는 건
과거를 보내고 현실을 맞이하는 것
가버린 어제를 잊는다면
시간은 분명 내 것이다

상
여
소
리
69

어-노 어-노
어나리 넘자 어-노

내가 있어 남이 행복하다면
바랄게 뭐가 있고
내가 굶어 남이 밥 먹는다면
얼마나 좋겠는가
그렇지만 삶은 그게 아니지
내가 행복해야 남이 행복하고
내가 먹어야 남 위해 일하는 것
사람은 자기를 세워
남의 지렛대가 되는 거다
무분별하게 위험에 뛰어들고
아무나 손잡아준다면
너도 없고 나도 없어진다
살아가는 기준을
봉사와 헌신에 두었다면
우선 자신의 몸을 바로 세워라

어-노 어-노
어나리 넘자 어-노

국기는 왼쪽에
애국가는 4절까지
제사상의 과일은 홍동백서
비린 것은 왼쪽
나물은 몇 가지
누가 정하고 나눴는가
의례는 편의상 규정하지 않았고
행사는 편의대로 행한다지만
일정한 규칙이 없다면
의식의 목적이 무너진다
질서는 사는 방법을 위하여가 아니고
모두 하나 되기 위한 규범
하나가 되지 못한 단체의 깃발은
바람 불어도 휘날리지 않는다

상
여
소
리
71

어-노 어-노

어나리 넘자 어-노

살 것인가 죽을 것인가

자신도 모르는 걸

함부로 묻지 마라

살 권리가 있다 해서

죽을 권한도 있는 건 아니다

어디에서 태어났건

어떻게 살았던

한번 왔다 가는 인생

자연의 법칙은 뒤바뀌지 않는다

힘들다고 끊어버리고

즐겁다고 흥청망청한다면

삶과 죽음을 모르는

입 달고 귀 연 허수아비다

태어난 곳 따라 변하는 것도

주어진 만큼 간직하지도 못하는데

순간을 잊고 포기하는가

삶과 죽음은

스스로 정하는 게 아닌

자연의 법칙이다

어-노 어-노
어나리 넘자 어-노

가는구나 가는구나
어딘지도 몰랐는데
가는곳도 모르는체
말도없이 가는구나
인생팔십 하지마라
누군가는 소싯적에
누군가는 백살까지
정하지도 않은것을
앞서가면 어떠하고
늦게간다 영광이랴
부모님께 받은목숨
감지덕지 하지않고
못났다고 원망하고
가난하다 포기하랴
누군가는 많이갖고
누군가는 적게가져
평등없다 하지만은
사는것은 공평하여
영생불사 없는도다

상여소리 73

어-노 어-노
어나리 넘자 어-노

훠이훠이 길비껴라
감투대장 국무총리
세종대로 나가신다
왼쪽귀는 백성의말
좌측귀는 대통령말
머리통에 짊어지고
국무총리 납시신다
백성말은 무시하고
대통령말 입에담아
기뚱기뚱 걸어간다
저쪽말은 걷어차고
이쪽말만 지고간다
여기저기 손가락질
댓창되어 찔러대도
못들은체 걸어간다
텔레비젼 그림속에
손뼉치는 사람들아
황희정승 납셨는가
남구만이 환생했나
백성들말 무시하면

감투끝에 서리맞네

소나기가 창칼되네

어-노 어-노
어나리 넘자 어-노

사람의 수명은 자신이 정한다
자연을 거스르지 마라
음식에는 금붙이가 없고
병풍 둘러치지 않는다
섭생의 모자람을
약으로 채워 포장하고
남의 밥상에 군침 흘린다면
목구멍에 넘어간 먹거리는
극약이 되어 속을 갉아댄다
육식의 송곳니와
채식의 어금니가 다른가
씹는 힘은 균등한데
얻은 것을 넘어 흘려댄다면
그만큼 짧아지는 목숨
작은 것에 만족하고
큰 것을 피해간다면
주어진 수명은 채워진다

상여소리

75

어-노 어-노
어나리 넘자 어-노

밥상머리 말씨에서
세상인심 피어난다
말버릇 배우며 익힌 웃음
팔십 평생 따라 가는데
마주앉아 하는 말마다
주식투자 땅따먹기만 고심한다면
사기꾼 되기 십상이지
글자 한자 가르쳐도
사람 모습 따르지 않아야 올바른 교육
시험 치는 것만 배운 아이가
사랑과 자애를 알 까
오늘 가르쳐 내일 쓰는 게 아닌데
배움의 걸음을 서두르는가
기둥 아래 주춧돌을 알게하고
낙숫물의 이치를 익히게 하여
사람의 기준을 잡게 하여라

상여소리 76

어-노 어-노
어나리 넘자 어-노

배를 타는 데는 구명조끼
자동차 타는 데는 안전띠
말 달릴 땐 안장과 고삐가 필요하지만
비행기 타는데 손잡이가 필요 할까
하늘에 떴다 떨어지는 데는
무엇을 붙잡아도 소용없다
새는 날개 접어야 가지에 앉고
연은 끈 떨어져야 내리지만
높이 솟구친 권력은
어디에 떨어져도 붙잡을 게 없어
끝을 모른다
자리 차지했다면
그것에 맞는 일
한 치의 오차 없이 수행하라
국민을 지키고 공명을 버리는 게
가장 튼튼한 안전띠
공직에 뜻을 뒀다면
봉사와 헌신을 다하여라

상여소리

78~85

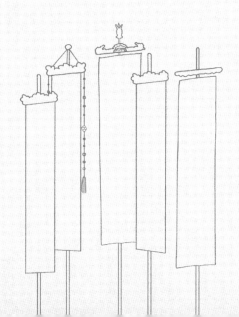

어-노 어-노
어나리 넘자 어-노

말로 쌓은 탑은 보이지 않는데
무너지는 소리가 요란하다
형체가 없으나
태산보다 큰 말탑이 난립하여
무게에 눌린 국민들
집안에서 압사 당하는데
국민이 선출한 정치꾼들은
눈앞에 청중을 두고
말탑 쌓기에 바쁜 나라
오늘은 한강둑 위에 바람탑
내일은 설악산에
눈탑을 쌓겠다 하고
부산앞 바다에 비행탑 만든단다
남북으로 갈라져 눈물 흘린 나라에
동서로 금 그어 장난치더니
말로 말 바꾸는 농간에
국민의 눈과 귀는 생고생한다

어-노 어-노
어나리 넘자 어-노

저장관이 뉘네장관
저그집에 금관장식
법정마당 차렸구나
법전에도 없는법을
이리저리 굴려가며
저혼자서 읽는구나
법공부한 인물들이
저말고도 또많은데
제눈에만 보이는가
국민원성 자자하여
울고불고 야단인데
붉은입술 놀려대나
큰일났네 큰일났어
육법전서 불태워서
새로다시 꾸며야지
이대로는 안되겠네
숯가마된 장관얼굴
소금뿌려 성형하세

어-노 어-노
어나리 넘자 어-노

입고 먹고 잠자고 그중에
사는 집이 맨 뒤라도
재산은 집으로 매기는 거지만
세상은 왜이러나
강아지 한 마리에 몇 천 만원
입히는 옷이 몇 십만 원에
아파트 한 채가 몇 십억인들 대수인가
집 없이 땅바닥에 누운 사람 없다 해도
여기저기 으슥한 곳에
몸 뉘어 새우잠 자는 사람은
이 나라 사람 아니던가
곳곳에 박은 말뚝마다
이름 붙여 흥정하는 업자와
개발하여 돈탑 쌓으려는 사기꾼과
등쳐서 금괴 사려는 공직자가
한 통속이 아니라면
집 없이 방황하는 국민들이 웬말인가
입으로는 국민이 주인이다 하고
올라서서 종 보듯 하는 무리를
가덕도 앞바다에 처넣어
표 얻는 공항 만들어라

어-노 어-노
어나리 넘자 어-노

혼자의 상상은 허구를 만들고
집단의 상상은 광기를 만든다
허구와 광기의 차이는
구름과 비
아무도 가까이하지 않는 다고
자신을 학대하지 마라
홀로 된 원인은 자신에게 있는데
집단의 광기를 따른다면
바라던 세상은 뒤집힌다
구름이 비가 되고
빗물이 구름 되어
세상은 돌고 도는 제자리걸음
지금 자리에 둘러쳐진 울타리
스스로 쳤지 않은가
가시철망 걷어내는 데
집단의 광기를 끌어들이지 마라

어-노 어-노
어나리 넘자 어-노

낮말은 새가 듣고
밤말은 쥐가 들어도
소문은 자신으로부터 나는 거다
입 닫아도 행동으로 보여주고
몸을 묶었어도 눈짓으로 말하는
그게 사람의 본성
춘다는 것은 부끄러움을 아는?것
부끄럽다면 양심을 속이지 마라
자신의 과오는 누구도 씻지 못하고
오직 스스로만 씻을 수 있다
행동의 과실은 온몸으로
양심의 가책은 정신으로 갚는다지만
잘못 들었다는 것을 미리 안다면
사람인 것은 분명하다
낮말과 밤말을 무겁게 하고
자신의 입에 거울을 달아라

어-노 어-노
어나리 넘자 어-노

남을 의식한다면
하늘의 눈과 귀를 무서워해라
이웃과 동료의 험담은 약
친구의 충고는 격려가 되지만
하늘의 눈은 올가미다
인공위성의 눈매는 바늘귀를 뚫고
확성기의 입으로 전달된다
두려움을 모르고
부끄러움을 무시한다 해도
하늘의 눈과 귀는
추호의 용서가 없다
무선전화기망은 잡히지 않아도
온몸을 결박하여 죄를 묻고
한 걸음도 허용하지 않는다

어-노 어-노
어나리 넘자 어-노

달아달아 밝은달아
장관들이 노는달아
방아찧어 만든떡을
장관들만 주지말고
쳐다보는 국민입에
떡고물을 뿌려다오
어찌어찌 줄잘잡아
의원되고 장관되어
고대광실 궁궐속에
옥신발에 금실옷에
입술마저 금빛내고
세종대로 넓은차선
저희말만 차지한데
목마르다 목마르다
피터지게 소리치는
국민들을 몰라보네
달아달아 밝은달아
그빛갈라 국민주오
장관입에 맹물주고
국민입에 떡을주오

어-노 어-노
어나리 넘자 어-노

간다간다 나는간다
이세상을 떠나간다
우리부모 날낳아서
떡두꺼비 복덩이라
비맞을까 눈맞을까
등에업고 얼러주다
크기전에 가셨는데
어디에나 계실건가
이제가면 만나려나
만나면은 뭐라할까
고개들지 못하것네
인생지사 새옹지마
꿈에라도 하지마소
내가한일 하늘알고
어디엔들 몰라보나
죽어후회 안하려면
사람같이 살고지고
한번뿐이 인생살이
후회해도 소용없네
간다간다 나는간다

상
여
소
리

85

다시못올 이승길을
떠나간다 나는간다
느릿느릿 나는간다

　　　어-노 어-노
어나리 넘자 어-노

　　　어-노 어-노
어나리 넘자 어-노

상여소리

이승과 저승을 잇는
마지막 의식의 노래

초판 인쇄   2020년 12월 10일
초판 발행   2020년 12월 15일

지은이   이오장
펴낸이   김상철
발행처   스타북스
등록번호   제300-2006-00104호
주소   서울시 종로구 종로 19 르메이에르종로타운 B동 920호
전화   02) 735-1312
팩스   02) 735-5501
이메일   starbooks22@naver.com
ISBN   979-11-5795-569-5 03810